CAROLE

CLÉMENT C. FABRE

CAROLE

Ce que nous laissons derrière nous

DARGAUD

PARIS BARCELONE BRUXELLES HONG KONG LAUSANNE LONDRES MONTREAL NEW YORK SHANGHAI

À CAROLE
ET À SES PARENTS.

C'est particulier, ces moments tellement attendus qu'il est impossible de les vivre pleinement. Comme si on était trop conscient de l'instant pour arriver à l'appréhender. Une sorte de résistance de l'esprit.

And in 53 or 55?
Maybe it's Mesropian?
No Mesropoglu or Mesropian in the computer.

Thanks.
Ils ont dû se tromper de cimetière.
Sur le chemin je crois qu'on passe à côté du stade où jouait Papy. Ça te dit ?
mmmh.

Le mardi 4 juin 2013, avec mon frère Robin, nous sortons du cimetière arménien de Şişli à Istanbul.

GESTALT-THÉRAPIE
DICTIONNAIRE DE LA LANGUE FRANÇAISE
FREUD
PLURALISTE
DIALECTIQUE DU MOI
DICTIONNAIRE DES RÊVES
C.G. JUNG
L'HOMME ET SES SYMBOLES
Clément ?
J'ai l'impression que vous n'êtes pas vraiment avec moi ?
Je peux continuer à parler, mais c'est vous qui payez.
Ça fait combien de temps que vous venez me voir ?

mmmh.
Un peu plus d'un an, je crois.
Et on ne dépasse jamais les problèmes du quotidien.
Vous ne voulez pas commencer à creuser ?
Si vous ne savez pas quoi dire, vous avez peut-être un rêve à partager ?
Je ne me souviens jamais de mes rêves.
Peut-être un train.

Un train ?
Qui a voyagé autour de vous ?
Heu... Mon frère Robin ne tient pas en place...
Et chez vos aïeux ?
Un grand-parent qui aurait fait un voyage en particulier ?
Éventuellement mon grand-père maternel. Il est venu de Turquie.
Ah.

Racontez-moi.
Qu'est-ce qui l'a fait partir ?
Le génocide, je crois. Il est arménien.
Et vous l'avez connu ?
Il est toujours vivant.
Dans trois ans ce sera le centenaire du génocide. Quel âge a votre grand-père ?

Vous avez eu l'occasion de lui poser des questions ?
Pas vraiment. Ça ne m'intéresse pas beaucoup.
Clément, vous savez que je suis juif ?
Comment réagiriez-vous si je vous disais que la Shoah, "ça ne m'intéresse pas beaucoup" ?

Saviez-vous que certains traumatismes se transmettent entre générations sans même l'usage de la parole...
Quel âge avait votre grand-père à son départ ?
27 ans, je crois.
Et vous avez ?
28...
Vous aviez donc 27 ans quand votre vie s'est effondrée sans raison, et que vous êtes venu me voir ?
Ça semble assez anecdotique. C'est le hasard, non ?
Vous pouvez vous en remettre au hasard.
Mais alors il ne sert plus à grand-chose de faire une thérapie.
Si vos grands-parents sont toujours là, n'attendez pas pour leur poser des questions...

J'ai le souvenir, enfant, d'être obsédé par la question de l'identité. Pourquoi je suis moi ? Je pourrais être né à une autre époque, dans un autre pays. Même être un animal ? Une errance philosophique infantile qui doit être commune, mais qui prend un sens particulier maintenant. J'aurais été qui ailleurs ?

T'as pas l'air super réveillé.
Ponpon a ramené des potes à la coloc.
Grosse fête improvisée.
J'ai plus l'âge pour ça...
Quoi?
J'ai plus que huit ans pour aimer boire des coups?
T'as juste besoin de prendre l'air.
Ben, on va chez les parents, là...
Non mais des vraies vacances. À l'étranger.

T'as déjà entendu parler de transgénérationnel ?
Un truc psy comme quoi les traumatismes passeraient entre les générations.
Comment ça ?
Par exemple des difficultés à avoir un enfant pourraient être l'écho d'un deuil non fait.
Si des grands-parents ont perdu un enfant en bas âge, même sans en avoir parlé...
Tu veux parler de Carole ?
Carole ?

La première fille de Papy et Mamie, quand ils étaient à Istanbul.
Avant Maman.
Elle est décédée au bout de quelques jours.
Jamais entendu parler. Comment tu sais tout ça ?
J'avais posé des questions à Papy sur la famille. Il m'avait dessiné un arbre généalogique.
Il y avait Carole.

Tu sais de quoi elle est morte ?
Non.
Mais je crois que c'est pour ça que Mamie est venue en France quand elle était enceinte de Maman.
Pour pas accoucher à nouveau en Turquie.
Par contre je sais que la tombe a disparu.
Disparu ?
Dans les années 90, Mamie a voulu s'y recueillir et ils l'ont pas retrouvée.

Salut, les garçons.
Salut Maman.
Hello.
Ça fait plaisir que vous descendiez pour mon anniversaire.
Alors, Clément, ce nouveau boulot ?
Ça va. Ils sont tous plus jeunes que moi. C'est marrant.

Et toi Robin, quoi de beau ?
Il peut pas te répondre, il cuve encore d'hier.
Rha ! Mais dis pas ça ! Maman va encore s'inquiéter pour rien !
Haha !
Mais oui. C'est mon rôle, de m'inquiéter !
Ils sont pas fréquentables dans ta coloc ?
Mais si...
Y a même un nouveau qui vient du Caire.
J'entretiens mon arabe. C'est cool.

Ton mémoire avance ?
C'est pas évident de reprendre la fac après un an en Égypte.
Mais ça va, j'avance.
Vue dégagée sur le camp de Roms de la petite ceinture.
Et un chat.
La panoplie du jeune romancier.
Y compris la bouteille de Whisky.
Non mais dis pas ça !
Vous avez fait la fête combien de fois cette semaine ?
Rhaa... Maman...
Haha haa !

Ah, t'es là. Manon vient d'arriver.
Ça marche.
J'arrête pas de penser à la disparition de cette tombe.
Comme un deuil à refaire.

Tu crois qu'on devrait aller à Istanbul ?
Carrément. C'est trop beau comme ville.
Non, mais pour retrouver la tombe.
Ça m'est passé par la tête aussi.
Tu crois que ça craint, avec les printemps arabes qui fleurissent ?
La Turquie c'est beaucoup plus stable comme pays.
Le Premier ministre a été élu et on a le droit de manifester. C'est pas comme les dictatures syrienne ou égyptienne.
Ok.

Tu sais que Bastien y habite en ce moment ? Deux ans de volontariat international.
Il nous hébergerait ?
Je lui demande.
Le mieux c'est d'y aller au début de l'été.
Ou au printemps ?
On a six à huit mois pour s'organiser.
Si tu veux.
C'est bon.
On part à Istanbul.
Salut les garçons.
Clément !

Salut, Robin.
Salut, Manon. Comment ça se passe ?
Hey, Gabriel ! Salut, terreur !
Tu viens, Clément ? Faut que je m'asseye sur toi pour manger.
J'ai plus de nausées, donc ça va mieux.
Gabriel, peut-être que Clément a autre chose à faire ?
Non, non, c'est cool ! Ça me fait plaisir de profiter de mon petit monstre.
Haha haaa !!!
Tiens, Yaya t'a préparé des lasagnes.
Mange pas que les pâtes.

Vous parliez de partir à Istanbul ?
Heu... oui.
Enfin, on voudrait surtout chercher...
...des trucs sur Papy et Mamie.
Quand ça ?
Au printemps.
Trop près du terme, pour moi.
Fin août, j'aurais pu.
Mais ça t'aurait dit ?
Ben, évidemment.
Voilà, t'es tombée enceinte trop tôt !
Je te remercie !
Non mais c'est juste que ça m'aurait plu de faire des cousins en même temps.

Ah oui, mais alors là, c'est pas moi qui suis en avance...
J'ai plutôt l'impression que tu prends ton temps.
Clément, Yaya c'est aussi ta maman ?
Tout à fait.
Et pourquoi j'ai une Yaya et pas une Mamie, comme Martin ?
C'est parce que la famille de Yaya vient de Turquie. Là-bas, les mamies on les appelle "Yaya".
Yaya, elle est née en Turquie ?
Yaya est née en France, mais pas sa Yaya à elle.
Si je peux ajouter une nuance...
"Yaya" c'est plutôt grec.
Les survivants du génocide se sont pas mal mélangés avec les communautés grecques.

Sinon Clément, Mamie a appelé. Je lui ai proposé qu'on passe dîner demain chez eux.
Yaya, comment on dit Gabriel en grec ?
Ah oui ? Super.
Je serais bien partie à Istanbul avec vous, mais ce sera pas le bon timing pour moi.
On se le refera en famille, plus tard ?
Avec plaisir !
MAMAN !
Yaya dit qu'en arménien, Gabriel on dit Gabriel !
Ça, c'est pratique.

Tu sais qu'on pourrait en faire une BD, de ce voyage?
Ça ferait un beau livre.
On pourrait presque se faire payer le voyage par un éditeur.
Haha. On se ferait notre "Persepolis".
Tu crois que ça les embêterait?
Qu'on cherche cette tombe?

Je sais pas.
On devrait leur dire qu'on part juste voir des trucs sur eux.
Oui, ça passerait sûrement mieux.
27

Ah, mes chéris! Je m'étais languie!
Bonjour Mamie!
Vous êtes combien de temps à Marseille? Vous aurez le temps de repasser ?
Mamie, on est déjà là ce soir. On va faire une chose à la fois...
Installez-vous. Vous avez fait bon voyage?
Oui, oui. Sans problème.
Salut Papy.

Moi, personne ne me demande comment était mon trajet.
Mais qu'il est bête celui-là...
Tes trois mètres depuis la chambre se sont bien passés ?
Dis-moi, Papy ?
Avec Clément, on se dit qu'on irait bien à Istanbul.

Vous allez où ?
Ils veulent aller à Istanbul.
C'est une très belle ville.
Je crois que votre mère a un super guide.
On aimerait retrouver des traces de votre passage là-bas.
Les lieux où vous avez vécu, habité...
C'est une très bonne idée. Ça me fait très plaisir.
Papy, on se demandait si tu pouvais nous raconter quand tu étais jeune, à Istanbul ?
Pourquoi tu parles au passé ?

Tu penses que je ne suis plus jeune ?
Qu'il est bête celui-là !
Je vais vous sortir l'album photo.
Hihihi...
Et Papy, tu m'avais montré un arbre généalogique. Tu l'as toujours ?
Alors...
Ah oui, attends...
Qu'est-ce que je peux vous montrer...
Alors là, c'est l'appartement où on a habité quand je suis arrivée à Istanbul.
Là c'est Blanche, la mère de Louis.

TURK
Blanche
1951
Turquie

1954
Turquie
Tiens.
Merci.
Carole
Patricia
Bruno
Hervé
Cécile
Laurence
Clement
Armand

Robin m'a dit que vous aviez eu une première fille avant Maman. C'est Carole ?
La pauvre petite est décédée au bout de quelques jours.
Elle était allergique à mon lait.
À l'époque on ne trouvait pas facilement de lait en poudre.
Le temps qu'on en fasse venir, c'était trop tard.
Elle est enterrée à Istanbul, alors ?
Oui, pas très loin de là où on habitait.
Dans le cimetière de Şişli.

Et vous pensez qu'on pourrait y aller ?
Ça n'est pas possible, la tombe a disparu.
Je voulais aller la voir quand on y est retournés, en 92.
On y est restés un moment mais on ne l'a pas retrouvée.
Ça vous embêterait qu'on aille voir ?
Pourquoi ça m'embêterait ?
Moi je suis touchée que ça vous concerne.
N'y allez pas en pensant la trouver, mais comme un pèlerinage, pour le souvenir, pourquoi pas.

J'ai fini "Portugal", la BD que tu m'as offerte. J'ai beaucoup aimé.
C'est mon coup de coeur du moment.
Ça donne envie d'y aller. Et le rapport entre ce garçon et l'histoire de son père est très touchante.
Il faut que je te prête "Lignes de faille" de Nancy Huston. Ça m'y a fait penser.
Vos préparatifs pour Istanbul avancent?
Bastien peut nous héberger et on a trouvé des billets pas trop chers.
Et vous allez y faire quoi, à part vous balader?

On va chercher un peu des traces du passage de Papy et Mamie.
Le terrain de basket, leur appart, la boutique...
Super.
Peut-être le cimetière où il y avait Carole...
Ah.
Ok.
Je ne comprends pas. Vous pensez trouver quoi ?
Rien de particulier. Essayer de comprendre.

Mais qu'est-ce que vous pensez trouver? On la connaît, l'histoire.
C'est vraiment utile de ressortir ces tristes souvenirs?
On part plutôt pour faire la lumière.
Parce que ça nous intéresse.
Je peux comprendre l'attrait de Robin pour l'Histoire.
Mais toi? Tu cherches quoi?
Rien de particulier.
Juste voir...
Je sais pas...

Ah, salut Sandrine.
Hello.
Alors, c'est le grand départ ?
Oui. Après-demain.
Justement. Je viens de voir quelques boutons sous mon oeil.
Tu me donnerais ton avis ?
Comment ça ?
Ça me stresse un peu de partir avec un potentiel problème médical. En plus à l'oeil.
Haha.
Qu'est-ce que tu as peur de voir ?

Fais voir.
Ah oui. Non mais j'ai eu ça pendant ma grossesse.
C'est parti après l'accouchement.
Tu comptes accoucher de quoi ?
Haha.
Mais c'est pas la révolution à Istanbul en ce moment ?
Non, c'est juste des manifestations. Le Premier ministre veut raser un parc.
Mon frère y est depuis deux jours. Il dit que c'est bon.

GIRIŞ
To go to Istiklal?
Yes, this bus.

Göstericiler yolu kesmiş. Herkes insin. Son durak.

Istiklal?
No. Manifestations. You walk here.
BU BIR
HIC BIR ZARAR
KADIKÖY TAKSIM
TELEFON

YA HEP ISYAN
YA HIÇ ATES
AMPULACAR
İRFAN
HALK
DEVRIMCI HAREKE
Clément!

Hello. Plutôt impressionnant, n'est-ce pas?
Ou...
Oui...
Viens.
ÇILGIN DURUM
ÇILGIN DURUM
Alors? Bon voyage?

Ou... Oui... Je m'attendais pas à ça...
Ah oui, on ne se rend pas compte de l'ampleur depuis la France.
Tu m'as dit que c'était rien...
C'est juste des manifestants.
Tu veux quoi ?
Je sais pas... Comme toi...
T'as vu ces barricades? Y a plus de pavés au sol! Des carcasses de voitures à chaque coin de rue!
Il doit y avoir des affrontements en permanence!
Y a rien eu depuis plus d'une semaine.

Thanks.
Le soir, parfois, des hélicos balancent des lacrymos.
Pour essayer de vider le parc.
Tous les soirs?
Non, de temps en temps.
Faut dormir avec les fenêtres fermées. Il fait juste un peu chaud.
Les gens sont tellement cool. Ça ressemble plus à une énorme fête de la musique.

On va poser ton sac chez Bastien et se prendre un ayran en chemin.
Un quoi?
Du yaourt liquide salé.
Ce regard de mon frère, c'est celui de mon grand-père. Ce regard taquin qui guette chez moi l'expression de dégoût.
J'avais oublié ça mais jusqu'à aujourd'hui je pensais encore que c'était une blague.

Ah, je t'ai pas dit mais Bastien est en déplacement.
J'ai rien compris mais peut-être qu'on le voit pas de la semaine.
Tu veux du thé ?
Ça va, merci.
C'est grand. Bastien a tout meublé ?
C'est tout à la fille à qui il sous-loue.
Même les livres ?
Oui oui.

On s'imagine un dépaysement total et j'ai l'impression d'être dans un appartement parisien.
Istanbul, c'est beaucoup plus européen que Le Caire.
C'est tout du IKEA.
Avant de partir, Bastien était en visio avec son père, et j'en ai profité pour lui poser des questions sur Carole.
Comment ça?

En permanence et depuis toujours, j'ai des aphtes. J'ai appris à vivre avec. Dans la famille, j'ai constaté que c'est le propre des aînés : ma grand-mère, ma mère, puis moi...

Quelque temps après ce voyage, j'ai eu des enfants. Je ne sais pas ce dont elles vont hériter de tout ça, mais ma fille aînée, elle aussi a régulièrement des aphtes.

On y est.

Hello. We are french. Vous parlez français ? English ?
English, yes.
We are looking for the grave of the first-born of our grandparents.
Yes. Come.

We are looking for Carole Mesropoglu dead around 1954.
Mesropoglu, you said?
M.E.S.R.O.P.O.G.L.U. Carole, with a "C".
Ok... No. No Carole Mesropoglu dead in 1954.
And in 53 or 55?

Maybe it's Mesropian?
Papy, je me demandais, pourquoi votre nom ne finit pas en "ian"?
"Oglu" c'est arménien aussi ?
Non, c'est turc.
Avant c'était Mesropian.
En 1923, Atatürk a proposé aux Arméniens de moduler leur nom pour s'intégrer.
Pour effacer davantage leur héritage, surtout.

Edmond, le frère de Louis, en arrivant aux U.S.A., en 1950, a changé son nom en Mesrop.
Je voulais faire une demande pour reprendre Mesropian, Louis ne veut pas.
Ça va être compliqué...
Moi, ça m'aurait plu.
Pour le symbole...
Je sais pas...
C'est quand même le nom avec lequel je suis né.
Mmh...
Just one Mesropian dead in 71.
But it's a man.
Ok. Thanks.

Is it possible to have a look in the cemetery ?
Yes, yes.
15 minutes.

Pourquoi il ne nous laisse que 15 minutes ?
On est dans un cimetière arménien au milieu d'Istanbul.
Il doit être méfiant.
On aura le temps ?

On se le partage?
Je prends à gauche de l'allée centrale.
Ça marche.

MAYAN
AILESI
VARTAN

JAN PULCU
1870. 1930
KATRYN PULCU
1895. 1975
TAKUHI
AYDINYAN
1867. 1922
ROSE
PULCU
1869. 1939
KANBURYAN AiLESi
ANTUAN KANBUR
1879. 1931
PiYER KASAPOGLU
1900. 1968
GIGMES KANBUR
NEKTAR KASAPOGLU

PERNAiAN
AiLESi

EMINOGLU AİLESİ
EMENYAN AİLES
MIKAEL EMINYAN
1904 - 1992
JARİ MANDLE

MARLY BEYELERYAN
1932 - 1984

BERNAYAN
AİLESİ

TILKIYAN AILESI
PIYER TILKIYAN
1879 — 1948
LUIZ TILKIYAN
1894 — 1950
MARYVONKA
TILKIYAN
1855 — 1920
CAMC
ARAN · 1901
POLIN · 1905
MANNK · 1901
VIGEN KASAPYAN AILESI
1937
FAMILLE
GREGOIRE NARLIAN

VENSAN BILMAN
KUM RUYAN AILESI
P. SERVET PALACIOGLU
1870 — 1951
MARI 1888 - 1964
VERA 1902 - 1971
ILOMEN 1909 - 1972
NEKTAR
RTANYAN
09 - 1885
FILO
YAN
PIER OTCUOĞLU
1926 - 1970
LORETTA OTCUOĞLU
1936 - 1990
SEBEK OTCUOĞLU
1940 - 1998
BALDADIAN
AILESI
PAULIN
BEUTCHIAN
BEYLERYAN
AILESI

MERYLIAN AILESI
AZNAVOUR
— 1977
AN AZNAVOUR
— 1993
EXCERCI AILESI
AMYAN
1994
Dr. JIRAYR SE
1922 — 200
1816
ELBIS ZOLETTI
1862 · 1938
PAUL BUTCHIAN
1855 · 1940

NURIAN AILESI

J'ai fini. T'as trouvé quelque chose ?
Non. Il me reste cette allée.
PALACIOGLU
C'est tellement triste.

Comment une tombe peut-elle disparaître ?
On est dans un pays qui n'est pas connu pour être accueillant envers les Arméniens.
Et personne ne s'en est occupé pendant plus de 50 ans.

We didn't found.
If it's not on the computer...
Yes. Thanks.
Bye.

Did you try the greek part? Go on the other side when you turn right.
Ok. Thanks.
And...
Wait...

Where are you coming from?
Marseille. In France.
Ok. You have a place to stay in Istanbul?
Yes, with a friend.
Good. Ok.
Good luck for the search.
VLAN!

Pourquoi il nous demande où on loge? Il se méfie?
Je pense pas. Je crois qu'il voulait nous aider, en tant qu'Arménien.
On va voir l'autre côté du cimetière?
Hi. We are looking for a tomb, and in Şişli he said maybe...
He just phone me. Come in.

It's Carole Mesropoglu?
Or Mesropian around 1954.
I just have a look and there is nothing.
Could we have a look in the cemetery?
No. If it's not on the computer, it's not possible.
Ok
Mais...
Clément, ça sert à rien.
On va pas se battre, alors que ça n'a aucune chance d'être là.

C'est étrange d'avoir fait tout ce trajet pour y passer si peu de temps.
Ils se sont peut-être trompés de cimetière? Non? Avec le temps...
Qu'est-ce qu'on pourrait y faire? Faudrait regarder sur internet.
On pourrait aussi chercher le certificat de naissance à l'ambassade française?
Ah oui, carrément.
Tiens, le gymnase où jouait papy.
KUAFÖR
GUZELLIK SALONU

KURTULUŞ GENÇLIK KLÜBÜ
1896
C'est ouvert.
Hello? Someone is here?
No...
No speak...
C'est marrant, il a une tête d'Égyptien.
سلام تتكلم العربي؟
جدي كان يلعب باسكيتبول هنا لما كان شباب
C'est bon, on peut entrer.

T'as vu les photos? Tu crois qu'il y a Papy?
MÜDÜRIYET
Je vois rien avant les années 80. Papy était parti depuis longtemps.
SALON
عايز كرة؟

HEY!

Basketbol Türkiye birincilikleri
AKDENiZ OYUNLARI
Championnat de la Méditerranée 1951
vadediyon.
Louis Mesropoğlu Çoktandır ihmal edilmiş Kurtuluş kulübünden. 24 yaşında ve 3 senelik basketbolcu. Acar, şutör ve iyi bir oyuncu dur. Tale-
Championnat de Turquie
Louis 1947
51
22
" Encore un match gagné pour Kurtuluş."
Là c'est moi sur la photo.

C'est un point qui a bien perturbé mon psy : qu'un Arménien, trente ans après le génocide, puisse être le capitaine de l'équipe turque aux J.O. le dépassait. Le parallèle avec l'histoire du peuple juif doit avoir ses limites.

Et ça posait pas de problème que tu sois arménien?
Pas du tout. Mes amis étaient musulmans, grecs, juifs...
Je n'ai jamais eu de remarques sur mes origines.
Juste sur mes cheveux blancs.
J'avais 23 ans et on m'appelait le vieux.
Haha!
Les tensions étaient plutôt dans les classes basses.
Je ne m'en rendais pas compte à ce moment-là.
Mon père était médecin. On était aisés et cultivés. On se mélangeait sans problème.
Mais tes parents ont vécu le génocide ?
Pas Blanche, sa mère. Elle était polonaise, pas arménienne.
Mon père était dans l'armée.

En 1915, Hétoum, jeune médecin, faisait son service militaire national de 3 ans. Alors que des directives incitaient à l'extermination des Arméniens, un supérieur qui l'appréciait a fait en sorte de le garder avec lui. Hétoum lui doit la vie.

Ça grimpe, Istanbul !
Carrément !
On maile les photos du stade à Papy ?
Tiens.
TOUK
TOUK
TOUK
TOUK
C'est quoi ce bruit ?
Le monde !
La nuit tombe. Les manifestants tapent sur des casseroles.
TOUK
TOUK
On va aller faire un tour. Ça vaut le coup.

86-59
TAYYIP
WINTER
C'est quoi Tayyip ?
C'est le prénom d'Erdoğan, le Premier ministre.

Je te propose pas tout de suite un kokoreç ?
C'est quoi ?
Des tripes de mouton.
ALGIDA
PORTA

Quoi ? Eurk ! Tu manges ça, toi ?
C'est une spécialité. Faut goûter.
Je pensais que Papa était le seul à manger ce genre de trucs...

Attends. Comment on dit "bonjour"?
Heu... "Merhaba".
Dix points si on me répond en turc.
Merhaba.
Hello. Take a sit where you like.
Raté...
Très jolie, cette serveuse.
C'est moi ou les filles ici sont incroyablement belles?

Have you made your choice?
Are these noodles spicy?
T'as plein de choix et tu prends des pâtes? T'es un sacré aventurier, toi!
Can I have like this table?
Tu vas te retrouver avec des champignons et on va devoir échanger.
ÇUKURLU ÇEŞME
Au moins tu goûteras un truc local.
Haha!
SUAT USTA
MERSIN TANTUNI

J'ai trop mangé.
Tiens, Papy nous a déjà répondu.
"Bonjour Robin et Clément. Merci pour votre photo. C'est bien le gymnase où je jouais au basket. Merci de me faire voyager avec vous."
Ehben... Ça ne lui ressemble pas, ce ton si sérieux.

Tu vois, au coin, là, il me semble que ce carré bleu c'est un cimetière.
On peut y passer ce matin et aller à l'ambassade cet après-midi.
Ça marche. C'est bon tes lasagnes ?
C'est effectivement des lasagnes avec juste du miel. C'est bon !
Je teste demain.
C'est pas bon tes gâteaux ?
Si, mais j'ai l'impression d'être un touriste.
La rue s'arrête au 126. Il n'y a pas de 155. T'es sûr de l'adresse ?
Oui, oui. Kurtuluş Caddesi.

T'as remarqué qu'il y a une double numérotation sur certains immeubles ?
TURKCELL
117
115
161
Faudrait extrapoler ceux effacés.
Le 155 devrait être...
PINO
PINO PET
PET SHOP
109
PiNO PI
Mince, c'est pas des appartements.
Tu trouves pas qu'il y a beaucoup de boutiques pour animaux domestiques ?
Au Caire, il n'y a que des chats errants. C'est trop compliqué de respecter le Coran avec des animaux domestiques.
T'as vu au 153 ?
Le balcon ressemble pas aux photos de Mamie ?

T'as raison. On essaie de monter ?
On n'irait pas plutôt voir le cimetière ?
Ça serait cohérent qu'elle soit ici...
Hello. Is it an armenian cemetery ?
Yes.
Rien.

Au cimetière de Şişli, hier, il ne nous a pas montré de registre.
Tu crois qu'il en avait un ?
Il y avait un ordinateur. C'est pareil, non ?
On fait le tour des tombes ?
Teşekkür ederim.
Honnêtement, le registre est bien tenu et y a rien dedans.
T'as dit quoi en partant ?
"Teşekkür ederim". C'est "merci".
Cherche pas, je me ferai passer pour un Turc avant toi.

Zipla, zipla, ziplamayan Tayyiptir...
ZIPLA, ZIPLA, ZIPLAMAYAN TAYYIPTIR!
HER YER TAKSIM!
HER YER DERENIŞ!
GEL! GEL!
Tu filmes plus?
Je sais pas. Ça m'a impressionné cette vague.

LA POÉSIE EST DANS LA RUE
1.6.13
POLICE
Hello, we are looking for a birth certificate.
Bien sûr. À quel nom?
Ah pardon, vous parlez français...
On cherche Carole Mesropoglu née vers 1954.
On n'y a pas pensé, mais on pourrait demander l'acte de mariage de Papy et Mamie.
Bien sûr. Quel nom?

Louis Mesropoglu et Marguerite Kirmizian, à peu près la même année.
Très bien. Notez votre e-mail ici. Nous vous contacterons au plus tard dans une semaine.
Une semaine? Mais on ne sera plus là...
Les archives ne sont pas numérisées. On ne peut pas le garantir, mais ça devrait être plus rapide.
Merci. On attend de vos nouvelles.
J'ai pas beaucoup d'espoir, là.
Ils auraient pas des registres dans les églises?
On peut essayer.

Papy et Mamie ont déjà répondu.
"Bonjour mes petits-enfants. C'était bien notre terrasse. Merci pour votre message."
T'avais bien reconnu.

Après, c'était il y a 60 ans. Tu te souviens de l'adresse de ton premier appart'?
Ça questionne sur les infos qu'on a...

Dis-moi, en leur offrant leur ordi, on leur a montré la touche "enter"?
Ils écrivent tout sur une ligne. On dirait un télégramme.

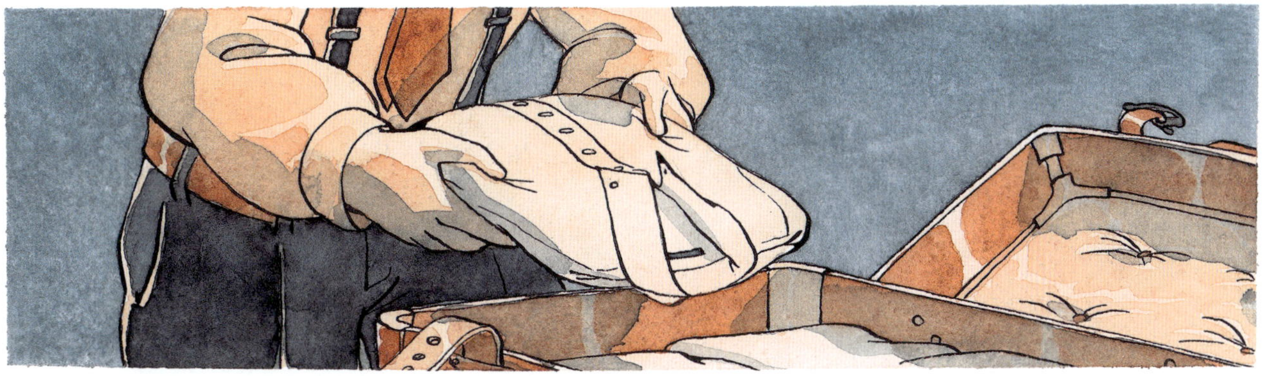

On a cette légende dans la famille. Pas par rapport à la véracité de l'anecdote, mais par son aspect fondateur.

Un des moments clefs sur lesquels s'est construite l'histoire familiale.

Je n'ai jamais su grand-chose, mais cette histoire je la connais depuis toujours. Le fameux télégramme.

Ça arrivera avant la fin de la semaine?
Après-demain au plus tard.

Merci.

Marguerite? Un télégramme pour toi.
J'arrive.

J'étais à Marseille, enceinte de votre mère.
À Istanbul, il y a eu des évènements contre les Arméniens.
Louis a pris peur et a décidé de partir.
Un soir, avant de sortir, deux amis du basket sont arrivés chez moi et m'ont poussé à m'enfermer.
Je pensais que c'était une blague.
Et j'ai entendu les bruits dans la rue.
J'ai mis le costume de mon service militaire, en pensant qu'avec, si on entrait, on n'oserait pas me frapper.
Je suis resté assis dans le salon toute la nuit.

Tout le quartier a été saccagé. Le commerce de Papy également.
C'était quoi ton commerce, Papy?
Une boutique d'import-export, dans le quartier grec.
C'est mon père qui avait investi.
Le matin, il n'y avait plus rien.
J'ai tout laissé.
Tes parents sont partis avec toi?
Ils nous ont rejoints deux ans plus tard.
Mon père n'a pas supporté le déracinement.
Il est décédé rapidement.

Bon... Là non plus ça n'est pas un cimetière.
35
C'est dans cette rue que Papy avait sa boutique.
Mince, ça aurait dû être là.
INAN OTO PARKI
T'as remarqué les croix sur les portes?
Comme ce que racontait Ahmet. Mais ça paraîtrait fou qu'elles soient là depuis 60 ans.

Avant notre départ, on a pu rencontrer Ahmet Insel, le père d'un ami. C'est un universitaire turc qui enseigne en histoire et en économie. On le voit régulièrement dans les médias français quand la politique turque fait la une.
Qu'est-ce qui a fait partir votre grand-père?
Il nous a dit que des mouvements nationalistes, en 56, avaient saccagé le quartier arménien.
Non, en 55.
Ça ne peut être que le pogrom de septembre 55.
Mais notre grand-mère était enceinte de notre mère, qui est née en septembre 56?

Dans les années 50, la Turquie et la Grèce se disputaient Chypre.

Sous l'arbitrage anglais, ils essayèrent de régler la question, en 1955.

Mais un attentat contre le consulat turc de Thessalonique, en Grèce, mit un terme aux négociations.

La nuit du 6 septembre, en représailles, un mouvement nationaliste saccagea et pilla le quartier grec d'Istanbul.

Les minorités fuirent et la population locale passa de 135 000 à moins de 10 000 personnes.

Quelques années plus tard, on a découvert que l'attentat initial en Grèce était une mise en scène orchestrée par le gouvernement turc, permettant au Premier ministre de se retirer des négociations chypriotes la tête haute, et réglant au passage le problème des minorités à Istanbul.

Tout avait été orchestré pour faire peur. Le journal relayant l'information était imprimé avant même l'attentat, à partir d'une photo truquée.

Des croix avaient été peintes sur les portes des habitations ciblées et 300 000 émeutiers affrétés par cars depuis les campagnes.

Des avions, des bateaux, des trains et des cars avaient été mobilisés pour encaisser la vague des départs.

Il est évocateur de constater que malgré l'ampleur des violences, on ne déplora qu'une vingtaine de morts.

Suite à ça, le Premier ministre à l'origine de cette affaire fut inculpé et condamné à mort.

La question chypriote n'est, à ce jour, toujours pas réglée.

Qu'est-ce que ça apporterait de ressasser cet épisode triste ?
Tu vois, ça, par exemple, c'est faux.
Qu'est-ce qui est faux ?
On a appris que le seul événement qui aurait pu faire partir Papy avait eu lieu en 55.
Mamie ne pouvait pas être enceinte.
On ne cherche rien de particulier.
On veut juste voir...

Je continue de penser que ce n'est pas sain de revenir sur ces moments tristes.
Tu crois que Maman voulait vraiment te dissuader de partir? Moi elle ne m'a rien dit.
Tu as la caution des recherches historiques. Moi je débarque. Ça l'inquiète.
ERDOGAN FAŞIST
C'est que la préoccupation de l'intégration n'est pas la même avec les générations.
On est tellement intégrés qu'il m'a fallu 30 ans pour découvrir que mes origines ne se limitaient pas à mettre du yaourt dans le riz.

Faut voir que certains se retrouvent bloqués dans cet héritage.
Pas évident de tourner la page, tant que le génocide n'est pas reconnu.
Et Papy ne correspond pas vraiment à l'Arménien énervé contre les Turcs.
Il serait plutôt du genre nostalgique de sa jeunesse.
Au final on ne sait pas grand-chose.
Sauf que Maman ne tire pas ce sentiment de nulle part. Elle aussi a subi le déracinement de ses parents.
Et tu t'es jamais dit que ses conseils littéraires nous poussaient à nous y intéresser?

"Middlesex"
Jeffrey Eugenides

L'histoire d'un jeune hermaphrodite et de ses grands-parents. Ces derniers, d'origine grecque, ont fui la Turquie suite à l'incendie de Smyrne en 1922. Et la clef de toute l'histoire se trouve dans ce déracinement.

"Lignes de faille"
Nancy Huston

Quatre portraits d'enfants, remontant dans les générations d'une même famille. D'un insupportable petit Américain des années 90, on passe à la jeunesse de son père. Puis à celle de sa grand-mère. Et enfin à celle de son arrière-grand-mère, orpheline polonaise sous le régime nazi.

Haha! Ça vaut tous les encouragements à faire ce voyage, non?
J'ai eu l'impression que c'était moi, ce gamin pénible, obsédé par ses jouets. C'était assez éprouvant.
Bon retour sur Paris, mes garçons.
Merci.
Donc vous partez dans 2 semaines et on se voit à votre retour?
J'ai une escale à Marseille, si vous voulez passer me voir.
Mon vol est direct.

Faut y aller. Je vois Papa s'impatienter.
Maman.
Oui ?

Passez un bon voyage.
Ça va beaucoup vous plaire.
Merci.

Hello? Is there someone?

À ce moment-là m'est passé par la tête que si un jour je faisais un livre de cette histoire, je le dédierais " à Carole et à ses parents."
Je me pose pour dessiner.
Ok.

Y a personne. T'as fini ? On repassera.
Oui oui.
Vous avez tendance à ne pas montrer grand-chose, je me trompe ?

Effectivement.
Si une émotion monte, faites-lui confiance.
Ça vous arrive d'être submergé et de ne pas comprendre pourquoi ?
Pas vraiment. Un peu quand on parle de parentalité.
Je vois. Savez-vous si ce premier enfant de vos grands-parents a été baptisé ?
C'est important ? Je ne suis pas vraiment croyant.
Vos grands-parents le sont ? Peu importe la religion, ça serait bien de savoir.

Vous savez, Clément, il est parfois important de pouvoir s'en remettre à quelque chose de plus grand que soi.
Mamie, je me demandais, à propos de Carole, au bout de combien de temps elle est décédée ?
Quelques jours. Cinq, il me semble.
Donc tu n'es pas sortie de la clinique?
Non, on n'a pas pu.
Mais il a été possible de la baptiser?

J'ai vu le soulagement dans le regard de ma grand-mère.
Une vague immense m'a submergé.

Quelques années plus tard, en souvenir et reconnaissance de cette émotion si forte, j'ai tenu à faire baptiser ma fille aînée.

Faut qu'on se fasse un point sur ce qu'on veut faire, maintenant.
Otto's
TODAY
Merhaba.
Bonsoir. Vous êtes français ? Un apéritif ?
Raté...
C'est quoi, la "Efes" qu'on voit partout ?
C'est une bière locale.
C'est devenu un symbole pour les manifestants car Erdoğan veut interdire l'alcool.
Ce sera deux Efes, alors !
T'as vu ? Ils ont du Mantı comme fait Mamie. Je croyais que c'était un plat arménien.

Dans la version turque les raviolis ne sont pas cuits au four mais à l'eau. C'est avec du yaourt. C'est très bon.
Parfait! Un menté pour moi!
Pareil!
Donc demain on peut repasser dans l'église pour...
HER YER TAKSIM!
HER YER DERENIŞ
BOUM BOUM
HER YER TAKSIM!
HER YER DERENIŞ!

C'est super entraînant. Ça donne envie d'aller avec eux !
Tout le monde a l'air de soutenir les manifestants.
Comment tient le gouvernement ? On n'est pas dans une dictature ?
On est dans la partie européenne d'Istanbul. Ici les gens sont plus ouverts et modernes, mais globalement ils sont minoritaires.
Quand Erdoğan fait des discours dans la partie asiatique, les banderoles disent : « Nous sommes ton bras armé, dis-nous comment agir. »
Une nouvelle vague nationaliste, comme un écho du génocide et du pogrom de 55.
Ah ouais ? Flippant…

Hoş goldiniz, size nasıl yardımcı olabiliriz?
Déjà, si on dit rien, on passe pour des Turcs.
Sorry, we don't speak turkish. Our grandfather was educated here.
I understand. You want a visit? I'm an english teacher, here.
Thank you. It would be great!

Avant d'arriver à l'école, à 6 ans, je ne parlais pas arménien. J'étais le seul à ne rien comprendre.
Ne dis pas des choses comme ça!
Mais c'est la vérité!
Pourquoi tu n'aimes pas cette histoire, Mamie?
Ses parents auraient dû lui apprendre la langue, quand même!
Papy, tu parlais uniquement turc avec tes parents?
Non, on parlait français.
C'était très chic. C'est pour ça que leur mère – qui était un peu snob – a donné des prénoms français à ses deux fils.

Here is a classroom.
MUSTAFA KEMAL ATATURK
1881 - 1938
ISTIKLÂL MARŞI

Thanks a lot.
You're welcome.

ŞİŞLİ BELEDİYES

Tu as vu, ce sont les anciens dirigeants de l'Empire turc. Tous en habits traditionnels jusqu'à Atatürk, le premier en costume européen.

C'était pas bizarre, ce portrait d'Atatürk dans les salles de classe ?
Je ne sais pas. Il a pris le pouvoir après le génocide.
Je ne connais sur lui que le tag à côté de chez les parents.
AVENUE du 24 AVRIL 1915
ATATURK = ASSASSIN
C'est peut-être le raccourci d'un extrémiste pour qui un Turc est forcément anti-arménien.
J'en connais pas encore assez sur le sujet.

C'est quand même fou que Papy ait été envoyé dans une école arménienne sans en parler un mot.
Toujours tiraillé entre deux cultures.
Tu crois qu'avant 1939 des juifs se sentaient plus allemands que juifs ?
Sans être nationaliste, je me sens plus français que chrétien.
Pour les juifs et les Arméniens, la foi et l'appartenance à un peuple se confondent.
Et c'est ce qui fait la radicalité de ces deux génocides.

Ça paraît absurde qu'ils puissent être venus jusque-là...
Je pensais pas que ce serait si loin.
On essaie quand même ? C'est derrière ce cimetière musulman.

C'est là ?
Non, là c'est un cimetière grec.

Je n'ai pas retenu grand-chose des mots appris pendant ce voyage. Mais deux mots sont restés phonétiquement gravés à force de les répéter.

Ils sont super sympas, quand même.
Tu as vu, ils ont des tenues moins "européennes" dès qu'on s'éloigne du centre.
Hey siz!
Edepsizce davranmayı bırakın.
Il les a engueulés parce qu'ils se tenaient la main ?
İşte mezarlık.
Teşekkürle.

C'est arménien ces étoiles ?
C'est un cimetière juif.
Arméniens, juifs, Grecs... Tous dans le même panier.

Bon, ça devient un peu ridicule, là, non ?
Regarde la vue. C'est super beau quand c'est valonné.

T'as remarqué que les métros ne se croisent pas car ils suivent les lignes de niveau ?
Ah ok, c'est pour ça qu'il n'y a aucune correspondance.
Tu veux pas regarder la vue, plutôt que de griffonner tes trucs ?
Ah merde, je ressemble à Papa...
Haha!
Mais c'est vrai que c'est beau.

CADDESI
Robin, regarde. Ils recouvrent un tag.
Tu crois que ce sont des pro-Erdoğan?
Hello. Sorry, is it possible to know what is written on your poster?
Bonjour. Vous êtes français?
Euh... Oui. Bonjour.
C'est un poème.

"Ceci est une résistance impartiale pour la liberté."
BIR
ÖZGÜRLÜK
On pensait que c'était plus politique.
Mais c'est politique !
Le tag recouvert était un appel à la haine.
On est persuadés qu'il ne faut pas s'inspirer des printemps arabes.
La violence ne nous permettra pas de sortir de tout ça.
On se sent plus proches de la révolution des Tulipes. Ou du mouvement Anonymous.
Je vois. Merci.

VEGAN
EVRIM

ACAB
FASIST TAYYIP
On coupe par le parc ?
T'es sûr ?
Le soir je dis pas, mais en journée c'est plein de touristes.

Tu as vu, c'est écrit en arménien.
Je ne connais même pas cet alphabet.
Hello. You speak english?
Yes.
Why is there an armenian group here?
It's a story nobody wants to hear.
Comme on le sait déjà, Erdoğan essaie de raser ce parc pour en faire un centre commercial. D'où les manifestations.

Pour appuyer sa décision, il a déclaré s'inscrire dans la ligné d'Atatürk, qui, lors d'un plan d'urbanisation d'Istanbul en 1930, a fait raser une partie du parc pour en faire un marché.

Et qui pourrait s'opposer à Atatürk, la fierté nationale ?

Ce que personne ne dit – et que nous dévoilent ces manifestants –, c'est que ce marché d'Atatürk a été construit sur un cimetière arménien.

Il semblerait même que les stèles aient servi pour les fondations de la nouvelle construction.

T'es sûr que c'est là ?
KOSKA
C'est bizarre, mais ça correspond bien à ce que m'a dit Bastien.
Toc Toc

Merhaba.
Hello. Come in.
Encore raté.

Ça fait quoi de sortir de sa zone de confort ?

On va avoir chaud, cette nuit.
On a un mail de l'ambassade. On peut y passer dès demain.
Ils ont l'acte de naissance ?
Non, de mariage. Mais c'est déjà ça, non ?
Oui, oui.
Pardon, mais vous ne parlez que de votre grand-père.
Son histoire est malheureusement assez banale.

Banale?
Capitaine d'une équipe nationale turque en étant arménien, ça semble pas si commun.
Des histoires de déracinement comme celle-ci, il y en a des milliers.
Par contre je serais curieux d'en connaître plus sur votre grand-mère.
Marguerite? Un télégramme pour toi.
J'arrive.

Une bonne nouvelle?
Au contraire, tout est dévasté. Louis vient s'installer à Marseille.
Ah bon? Je croyais que tu souriais.
Tu crois que Mamie a culpabilisé en quittant Istanbul?
J'imagine qu'elle était plutôt contente de rentrer.
Mais elle laissait cette tombe derrière elle.

Papy, ta mère, Blanche, était assez stricte ?
Elle fumait comme une actrice hollywoodienne, toujours allongée sur son canapé.
À Istanbul, elle avait bonne et femme de ménage. Elle n'a jamais cuisiné de toute sa vie.
Haha.
Il fallait qu'on aille à l'église tous les dimanches. Mais elle, elle ne venait jamais.
C'est elle qui a forcé Louis à se marier.
Ah oui ?
À 25 ans, elle trouvait que j'étais trop vieux pour être célibataire et faire la fête.

C'était un mariage arrangé entre vous deux?
Non non. Louis devait épouser une cousine.
En chemin pour la rencontrer à Paris, ils ont fait une escale à Marseille, chez nous.
Et là, il a dit à Blanche qu'il voulait m'épouser.
Un coup de foudre qui m'a empêché de rencontrer ma cousine.
Mais pourquoi ça te fait rire?
J'y suis pour rien! C'est la vérité!
Ne raconte pas ça...

On nous a dit de repasser aujourd'hui pour un acte de mariage.
Marguerite et Louis Mesropoglu en 1954.
Ce n'était pas en 54, mais en 53.
Cette copie est pour vous.
Merci.

N° 65
Traduction du turc. République turque
Municipalité d'Istanbul. Section de Be
Bureau des Mariages. Numéro deux mill
cent trente deux. A l'Honorable Consula
France. Epouse. Nom et prénoms: Hortu
KIRMIZIAN. Prénom du père: Garabe
Prénom de la mère: Alice - Nationalit
Enfin quelque chose de concret.

Pendant la guerre gréco-turque de 1919, suite à la chute de l'Empire ottoman, les troupes turques qui battaient en retraite assassinèrent des Arméniens sur leur passage. Garabed assista à la mort de son père.

Âgé de 12 ans, il prit en charge sa mère, ses deux frères et une cousine, pour un exil de deux ans qui les mena à Marseille.

Mais alors vous avez combien d'écart d'âge avec Papy ?
Tu t'es mariée à quel âge ?
On a 10 ans d'écart. J'avais 16 ans pour notre mariage.
16 ans ?!
Oui, c'est très jeune. À l'époque ça ne choquait pas.
Moi aussi j'étais jeune ! Je n'avais que 25 ans !
Mais qu'il est bête celui-là !
Hihi !
Attendez... Le père de votre grand-mère a vécu le génocide ?
Sa mère aussi, je crois.

Fille d'un riche propriétaire, Alice était bébé quand son père perdit tout à cause du génocide. La famille fuit et s'installa à Ankara.

Le père enchaîna les faillites, opprimé à cause de ses origines. Les enfants furent envoyés à Istanbul pour suivre un enseignement catholique. Un temps hébergée par les parents de Louis, Alice fut mariée à Garabed, un Arménien exilé à Marseille qu'elle n'avait jamais vu qu'en photo.

Teşekkürler.
Je repensais au livre qu'on pourrait faire avec toute cette histoire.
Je me dis qu'il faudrait raconter la vie de Garabed, le père de Mamie.
Son périple pour fuir la Turquie a dû être assez impressionnant.
La grande Histoire à travers la petite.
J'imaginais plus raconter notre voyage. Comment on a appris l'histoire de Papy et Mamie.

Plus psychologique qu'historique.
Mais je sais pas...
J'aurais l'impression d'être un vautour qui exploite l'histoire des autres.
Je comprends... Bon, on a fini le tour des caveaux. On fait quoi ?
Je serais bien retourné au premier cimetière.
Si tu veux.
On y va après l'église orthodoxe ?

Il est quand même improbable ce mariage.
Ce lien de parenté, c'est bizarre, et à la fois...
Vu leur complicité, même après 60 ans, on a du mal à croire qu'ils se soient mariés sur un coup de tête.
Après s'être rencontrés, je suis partie m'installer à Istanbul.
Et là, on s'est mariés quatre fois.
Comment ça, quatre fois?
Je suis catholique et Louis orthodoxe. Déjà, un mariage par église.
Puis à la mairie d'Istanbul, et à l'ambassade française pour que ce soit reconnu ici.
T'as pas fait le voyage pour rien!

BALIK PAZARI
FLOWER
C'est quoi "orthodoxe"?
C'est une Église qui ne reconnaît pas l'autorité du pape. Un peu comme les protestants.
Historiquement, les Arméniens sont orthodoxes. Il y en a très peu qui sont catholiques comme Mamie.
Je réalise que catholique c'est la minorité de la minorité. C'est surprenant que l'église de la dernière fois soit si bien entretenue.

Qu'est-ce qu'on fait de ses journées quand on est mariée à 16 ans dans un pays où on parle pas la langue?
Tu sais, c'était pas si noir. Tout le monde ici parlait français.
Et il me semble que Mamie a appris le turc avec sa grand-mère.

I told you. No tomb. No need to check again.
Is it possible to take a picture of the register?
Mmh. Come.

Bon.
Déjà, à l'état du bouquin, il est pas récent.

DÜŞÜNCELER
1953-1954
Ça pourrait être un registre fait à partir des tombes mais il y a des infos en plus, comme les adresses.
ADI SOYADI
ADRESİ
Et je ne pense pas que ce soit une copie parce que chaque ligne est écrite avec un stylo différent.

Par contre, c'est toujours la même écriture.
Tu crois que c'est le même mec qui écrit les registres depuis les années 40 ?
C'est la même écriture dans tous les registres.
Comme en italique. De longues majuscules et des minuscules en pattes de mouche.
Il écrit pas comme ça, Papy ?
C'est vrai. J'adore cette écriture.
J'avais lu que c'est typiquement français d'avoir une écriture différente par individu.
Dans la majeure partie des pays, il y aurait un "style" d'écriture plus national.
On dirait bien que Papy a l'écriture turque.

It's ok? You go?
Yes.

Did you look at the church register?
No, we didn't...
On n'a pas pensé aux registres de décès de l'église!
Go to the catholic church, close to Istiklal Caddesi.
The priest is my brother.
C'est l'église du mariage!
On cherche pas la tombe?
On a déjà cherché. Autant aller à l'église.

Tu trouves pas ça bizarre ?
Qu'une tombe disparaisse, je peux comprendre. C'est matériel. On maîtrise pas ce qui se passe.
Mais l'écrit... Comment on aurait pu effacer une ligne de ce registre ?
TKIP
Je sais pas...

You english?
Hello. You speak english?
French. Armenian.
Rahibi mi arıyorlar?
We are looking for the priest of this church.
Pazartesi geri gelin.
The priest here monday. 9 O'clock.
Lundi? Merde.

Je dois être à l'aéroport à 6h.
Possible tomorrow? Saturday or sunday?
No no.
Saturday and sunday important days for the priest.
No possible to disturb.
Mais.
Insiste pas. Ça sert à rien.
Ok for monday. Teşekkürler.

Pfff...
C'est trop con...
C'est à côté de là où on crèche, on est déjà passés deux fois, et on a une piste juste au moment où je pars.
Je suis là encore quelques jours.
J'irai voir...

Tu sais qu'il n'y aura sûrement rien?
Et s'il y a, la piste ne mènera à rien d'autre.
Je ferai une copie et tu verras comme moi.
Pfff...
À quelques heures près.

No, I want to change. To fly later.
No, just...
Putain ils m'ont raccroché au nez !
Tu reprends pas le boulot mardi ?
Je dirai que j'ai eu des problèmes d'avion. Ou je demanderai des vacances anticipées.
Rhaaa!
On sort dîner?
Ouais. Attends.
J'arrive pas à envoyer ce mail.

TOUK
TOUK
TOUK

HAMDİ KARAHASAN
İSTANBUL

On essaie de passer à l'église en rentrant?
L'après-midi la messe est finie, non?

C'est long. On arrive quand?
On y est. L'île de Büyükada. C'est là où les riches passaient leurs étés.

J'ai l'impression que c'est la rue d'après.
C'est là !
Ça capte mal ici.

T'as fini ?
On redescend vers le port ?
Tu veux pas lâcher ton tel ?
Et risquer de rater leur appel ? Arrête de faire le papa.
Y a peut-être une assurance médicale.
Qui pourrait me faire une ordonnance ?

Si au moins on pouvait passer à l'église en rentrant.
Tu sais qu'il n'y aura rien! On va pas déranger un prêtre qui a demandé expressément à ne pas l'être!!
Mais...
Arrête!
Viens.

Faut lâcher l'affaire.

T'es en train de passer à côté du voyage.
Qu'est-ce qu'il t'apporterait ce papier?
C'est insupportable cette disparition.
Plus aucune trace de...
Mais pour en faire quoi?
Tu veux remettre en cause ce que disent Papy et Mamie?
Évidemment que non. Mais chercher cette tombe...
Il devrait pas être là, ce voyage.
On savait qu'on trouverait pas. On nous l'a dit.
Moi je ne savais pas. Je serais pas venu si j'avais su.
Moi non plus j'ai pas voulu l'entendre.

Papy et Mamie, qui ont les codes culturels et surtout qui savaient où elle était, n'ont pas trouvé.
Faut être lucide. Qu'est-ce qu'on espérait ?
Faut passer à autre chose.
Tout ça pour rien.
Tu peux pas dire ça. Tu as vu tout ce qu'on a appris sur Papy et Mamie ?
Finalement le vrai voyage on l'a fait en allant leur parler.
Ici c'est un bonus.

On a déjà passé une semaine à faire le tour des cimetières. On aurait pu faire tellement de choses...
Là on est à Büyükada et tu regardes même pas.
Donc maintenant tu lâches ton tel et on va goûter les tripes de mouton!
Haha! Non pas ça!

Mamie, tu faisais quoi à Istanbul?
On sortait pas mal avec Louis. Les soirs, week-ends...
Tu continuais à faire du basket, Papy?
Deux ou trois fois par semaine.
Et tu travaillais.
Mamie, tu faisais quoi de tes journées?
Je m'ennuyais beaucoup.
Je sais que ça a été dur pour Louis de quitter Istanbul, mais moi c'était dur d'y être.
À part l'île de Büyükada!
Il faudra que vous y alliez...

C'est une petite île sur le Bosphore. On y venait tous les étés.
C'était pas assez chic pour Blanche. Moi j'adorais.
On faisait le tour de l'île en âne. C'était tellement beau !

Tu crois qu'elle pourrait toujours être à la famille?
Non, il me semble qu'ils louaient. Ça a l'air abandonné.
TOC TOC TOC
Ça aurait pu être une maison de famille.
Ça s'organise, des vacances dans le coin.
Faudrait que la situation politique se stabilise.
Je te parie que dans un mois, tout est rentré dans l'ordre.
Sinon j'ai pas vu d'âne mais j'ai l'impression qu'on peut louer des vélos.
Ça te dit?
Carrément.

Mamie a passé deux ans ici et le seul truc cool qui lui reste c'est une balade en âne qui devait arriver trois ou quatre fois par an.
Elle n'a pas non plus été maltraitée.
Mais symboliquement, quand même.
Comme disait Ahmet, comment ses parents ont pu la laisser partir ici ?
J'imagine que ceux qui ont vécu ici y ont gardé un attachement. Comme Papy.
Certains devaient espérer que ça se calme pour pouvoir rentrer.

Sinon Mamie aimait aussi beaucoup les citernes.
À l'époque byzantine, c'étaient les réserves d'eau de la ville.
Faut imaginer que c'était rempli intégralement.

Merhaba.
Hoşgeldiniz. Dışarda boş masamiz var.
Sorry, I don't understand...
No problem. Take a sit.
Forcément. C'est plus facile avec tes cheveux.
Mauvais perdant?
An Efes for me.
An ayran, please.

On pensait vraiment avoir assisté à quelque chose de fou avec ces manifestations. On pensait voir le monde changer en direct et qu'il ne serait plus jamais le même. Avec le recul, on espère juste que ce n'était pas le dernier soubresaut de la démocratie turque. Erdoğan, qui, à l'époque, n'était connu que des spécialistes, est devenu tragiquement aussi incontournable que Poutine en Russie.

J'ai l'impression qu'à devoir choisir entre Arménie et Turquie, j'ai toujours refusé les deux.
Comme si j'avais honte de mes origines. C'est horrible à dire.
Y a pas de modèle d'Arménien cool.
Comme Aznavour?
Oui, par exemple.
Dans la BD, déjà il y a Berberian.
Ah oui, c'est vrai.
Ah, et le chanteur des Dead Brothers, Alain Croubalian.
Ah bon? Je suis passé à côté.
Je crois même qu'ils ont fait un morçeau sur le génocide.

J'étais persuadé que j'allais détester ce pays.
Et en fait tout est beau. J'ai pas envie de partir.
J'ai un très fort sentiment d'être à ma place.
Et malgré ça, je ne me suis jamais autant senti arménien. Comme si, finalement, j'étais pas obligé de choisir.
Peut-être même qu'on peut choisir les deux.
C'est ça...
Après, faut quand même se rendre compte que l'amour de Papy pour ce pays relève du lavage de cerveau.
C'est un peu fort, non ?

On a exterminé ses ancêtres. Pour qu'il s'intègre, on a changé son nom. On a fait en sorte qu'il oublie sa langue. On l'a fait aimer ce pays.
Un pays fantastique qui a, malgré tout, cherché à l'effacer.
Atatürk a présenté ça comme une forme de modernité, pour l'unité de la Turquie. Mais être turc, ça voulait dire effacer tout le reste.
Mais regarde cet élan !
Et si tu passes le Bosphore, c'est pas pareil.
Ce pays est fascinant et complètement tiraillé.

Je suis super frustré de partir demain. De rester sur cet échec.
J'ai l'impression qu'on abandonne Carole une fois de plus. Comme ajouter un deuil au deuil.
C'est con, mais ça me fait mal qu'on finisse par l'oublier.
Produis-la toi, cette trace. Tu l'as, ta raison d'écrire cette BD.
Ce livre, ce sera la tombe qu'on n'a pas trouvée.

Tu as raison. Finalement cette trace, on pourrait choisir de la mettre où on veut.
Comme sur ces petites tombes anonymes au fond du cimetière.
Sur quoi ?
À Şişli, dans les herbes hautes, il y avait des petites tombes cassées et effacées.
Pourquoi tu me l'as pas montré sur place ?

J'aurais été énervé moi aussi.
Je ne sais pas vraiment pourquoi
je n'ai rien dit sur le coup.
Personne ne nous ayant mis dehors,
on aurait pu explorer davantage.
Aujourd'hui encore je culpabilise
et regrette de ne pas l'avoir fait.
Je n'étais peut-être pas encore
prêt à me raccrocher à cette
trace qui n'en était pas une.

FINDIKLI-MIMAR SINAN ÜNIVERSITESI

vr vr
Allô.

Salut. Je viens de voir le prêtre.
Déjà ?
C'est rageant de le rater de si peu.
T'as rien raté.
C'était un gros con. Il m'a dégagé en deux secondes. Y avait rien dans le registre des baptêmes. Mais il avait pas l'air à jour. Et il existe pas de registre pour les décès. Pour les mariages il savait pas.
Mmmh...
C'est officiel, on a épuisé toutes nos pistes.
Ouais...

Bon allez, je vais faire du tourisme et on se retrouve à Marseille dans un mois.
Robin?
Oui?
Merci.
C'est rien. Rentre bien. Bise.
Bise.

Faites la bise à Papy et Mamie de ma part.
Ça marche.

Clément?

Je vois que ça vous a fait du bien, ce voyage.
Vous aviez besoin de voir par vous-mêmes, je comprends.
Mais faites quand même attention.
Vous n'êtes pas tout seuls et ce que vous faites impacte les autres.

faites attention quand vous leur en parlez...

Aaaaah, mes enfants! Je suis contente de vous retrouver.
Bonsoir Mamie.
Merci beaucoup pour toutes ces photos pendant ce voyage. C'était très agréable.
Vous avez pu faire tout ce que vous vouliez?
T'aurais dû voir la tête de Clément en goûtant un ayran.
Ça l'a pas empêché d'en boire tous les jours!
Ça vous a plu?
Énormément.

Il avait raison.
Quelques années plus tard, il est décédé, à 90 ans.

Mais même si son corps s'est peu à peu affaibli, il a tellement gardé sa tête jusqu'à la fin que je n'ai pas eu l'impression de le voir vieillir.

C'est magnifique comme ville, non?
Oui.
Mais je ne pensais pas que tu l'appréciais autant que ça.
J'adore cette ville.
C'est quand même là que j'ai connu Louis.
Mamie, je me demandais? Tes parents ont vécu le génocide? La Turquie c'était pas le pire endroit pour envoyer sa fille de 16 ans?
Je trouve ça étrange moi aussi.
J'ai réalisé ça récemment. À l'époque ça ne m'avait pas gênée.
Allez, à table!

Mamie, si tu n'étais pas enceinte en 55, tu saurais pas pourquoi tu étais à Marseille pendant le pogrom.
Tu sais, Clément, je veux bien te croire, par rapport aux dates...
... mais j'ai toujours du mal à croire que je n'attendais pas Patricia à ce moment-là.
Les souvenirs, tout ça...
J'aurais vraiment aimé retrouver cette tombe.

Je suis désolé de vous avoir fait revivre ça. J'ai mis un moment à l'accepter.
J'espère que tu ne l'as pas fait pour nous. Même si c'est toujours éprouvant, nous on en a fait le deuil.
Ça m'aurait fait plaisir de trouver quelque part une trace de cette enfant.
Tu veux voir une photo?
Tu as une photo?

Bien sûr.
Au mur, dans l'entrée.
Tu passes devant à chaque fois que tu viens ici.

clémentcfabre / 2023

En bouclant cette bande dessinée,
me revient une pensée que j'avais oubliée lors de l'écriture du scénario.

Adolescent, dans un élan romantique et punk,
j'espérais que ma mort emporterait tout.
Après moi le déluge.

Après ce voyage, touché par le vide de la disparition de cette tombe,
je réalise que c'est l'histoire qui fait la famille,
et qu'en conserver la trace, aussi infime soit-elle, est important.

À Magali, Célestine et Suzanne
et à l'ensemble de ma famille maternelle.

Un énorme merci à tous les gens qui m'ont aidé
d'une discussion ou plus autour de mes réflexions.
Merci à Manuele Fior, Sandrine Bonini, Merwan Chabane, Joseph Safieddine,
Thomas Cadène, Fabien Grolleau, Charles Berberian,
Peggy, Manu et Richard de La Réserve à Bulles, Thomas Azuélos,
Franck Marguin, Camille Servignat, Utku Insel, Ahmet Insel, Guillaume Foresti,
Élodie Puech, Cécile Rousset, Marc-Antoine Mulliez, Julien Roux, Bastien François,
Édith Chambon, Vincent Perriot, Lucie Durbiano, François Ayroles,
Florence Dupré la Tour, et à l'ensemble de l'atelier Bonux.

Merci à l'ensemble de l'équipe de chez Dargaud,
et tout particulièrement à Thomas, Yohan, François, Philippe, Adrien, Christophe et Élise.
Merci à tous les traducteurs.

Merci à Arthur, injustement coupé au montage.

Un énorme merci à Robin pour l'accompagnement non seulement dans ce voyage,
mais aussi tout au long de l'écriture de cette bande dessinée.

Շատ շնորհակալություն

Clément C. Fabre

Du même auteur

BFF, scénario de Thomas Cadène et Joseph Safieddine – Delcourt
Explicite, carnet de tournage, scénario d'Olivier Milhaud – Delcourt
L'Anniversaire de la maîtresse, scénario de Célestine – Les Éclairs
Le Mystère des papas – Gallimard jeunesse
Salade Tomate Oignon, scénario de Joseph Safieddine – Éditions Lapin
Révolutionnaires, scénario d'Aymeric Mantoux et Benoist Simmat – Robinson
Le Chantier, scénario de Fabien Grolleau – Marabulles
Le Banc de touche, scénario de Martin Page – Vraoum!

Les propos et réflexions émis dans cette bande dessinée
ne reflètent que l'état de mon ignorance à l'époque des faits.
Ils ne sauraient être considérés comme des vérités
ou des jugements sur nos connaissances actuelles.

Clément C.Fabre

Traductions turques d'Utku & Ahmet Insel.
Traductions arabes de Robin Fabre et Abdallah Mahmoud.
Traductions arméniennes de Maria Ishkhanian.

**L'auteur a bénéficié pour cette œuvre
du soutien du CNL ainsi que du conseil départemental
des Bouches-du-Rhône et de Massilia BD**

PREMIÈRE ÉDITION

Imprimé sur un papier issu de forêts gérées durablement.
Dépôt légal : juin 2023 • ISBN 978-2205-20236-6
Imprimé et relié en avril 2023 par PPO Graphic – 10, rue de la Croix-Martre 91120 Palaiseau – France
www.dargaud.com